パン屋を襲う

DIE BÄCKEREI ÜBERFÄLLE

Haruki Murakami
Mit Illustrationen von
Kat Menschik

村上春樹

イラストレーション
カット・メンシック

新潮社

Design by Shinchosha Book Design Division

パン屋を襲う

DIE BÄCKEREI-ÜBERFÄLLE

目次

パン屋を襲う

DIE BÄCKEREI-ÜBERFÄLLE

パン屋を襲う

DER ERSTE BÄCKEREI-ÜBERFALL

とにかく我々は腹を減らせていた。いや、腹を減らせていたなんてものじゃない。宇宙の空白をそのまま呑み込んでしまったような気分だった。はじめは本当に小さな、ドーナツの穴くらいの空白だったのだけれど、時が経つにつれて体の中でそれはどんどん大きさを増し、遂には底知れぬ虚無となった。

なぜ空腹感は生じるか？　もちろんそれは食料品の欠如によってもたらされる。なぜ食料品は欠如するのか？　しかるべき等価交換物を持たないからだ。それではなぜ我々が等価交換物を持ちあわせていないのか？　おそらく我々に想像力が不足しているからだ。いや、空腹感はただダイレクトに想像力の不足からやってくるのかもしれない。

　どうでもいい。

　神もマルクスもジョン・レノンも、みんな死んだ。とにかく我々は腹を減らせていて、その結果、悪に走ろうとしていた。空腹感が我々をして悪に走らせるのではなく、悪が空腹感をして我々に走らせたのである。なんだかよくわからないけど実存主義風だ。

「いや、俺はもう切れちゃうよ」と相棒は言った。簡潔に言えばそういうことになる。

　無理もない、二人とももうまる二日水しか飲んでいなかった。一度だけひまわりの葉っぱを食べてみたが、また食べたいという気にはなれなかった。

　そんなわけで我々は包丁を持ってパン屋にでかけた。パン屋は商店街の中央にあって、両隣は布団屋と文房具屋だった。パン屋の親父は頭のはげた五十すぎの共産党員だった。店の中に日本共産党のポスターが何枚も貼ってある。

我々は手に包丁を持ち、商店街をゆっくりとした足取りでパン屋まで歩いた。『真昼の決闘』みたいな感じだった。ゲイリー・クーパーをやっつけにいくアウトローたち。歩くにつれてパンを焼く匂いがだんだん強くなっていった。そしてその匂いが強くなればなるほど、我々の悪への傾斜の度合も深まっていった。パン屋を襲うことと共産党員を襲うことに我々は興奮し、そしてそれが同時に行われることに無法な感動を覚えていた。

もう午後も遅かったので、パン屋の店内には一人しか客がいなかった。だらしのない買物袋をさげたいかにも気の利かなそうなオバサンだ。オバサンのまわりには危険な匂いが漂っていた。犯罪者の緻密な計画はいつも気の利かないオバサンの気の利かない振舞いによって妨げられることになる。少くとも映画なんかではいつもそうなっている。僕は相棒に、オバサンが出ていくまでは何もするんじゃない、と目で合図をした。そして包丁を体のうしろに隠して、パンを選ぶふりをした。

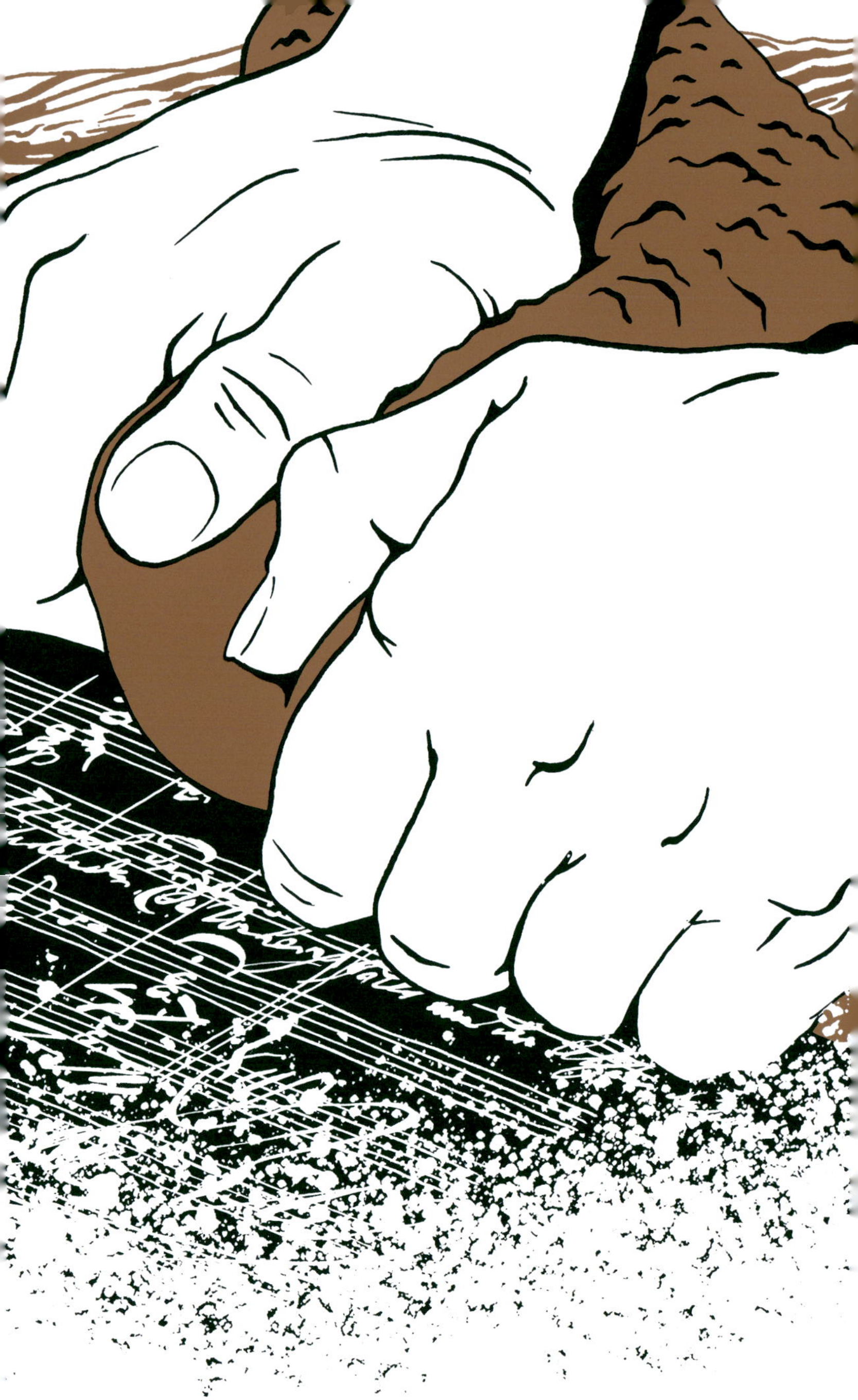

オバサンは気の遠くなるほどの時間をかけ、まるで洋服ダンスと三面鏡を選ぶくらいの慎重さで揚げパンとメロン・パンをトレイに載せた。しかしすぐにそれを買うというわけではない。揚げパンとメロン・パンは彼女にとってはひとつのテーゼに過ぎなかった。それはまだ仮説の域にとどまっている。その検証には今しばらくの時間が必要だった。

時間が経ち、まずメロン・パンがその地歩を失っていった。あたしはなぜメロン・パンなんかを選んでしまったのだろう、と彼女は首を振った。こんなものを選ぶべきではなかったのだ。だいいち甘すぎる。

彼女はメロン・パンをもとの棚に戻し、少し考えてからクロワッサンをふたつそっとトレイに載せた。新しいテーゼの誕生だ。氷山は僅かにゆるみ、雲間からは春の日差しさえこぼれ始めた。

「まだかよ」と僕の相棒が小声で言った。「ババアもついでに殺《や》っちまおうぜ」

「まあ待てよ」と僕は彼を押しとどめた。

パン屋の主人はそんなことにはおかまいなく、ラジオ・カセットから流れるワグナーにうっとりと耳を澄ませていた。共産党員がワグナーを聴くことがはたして正しい行為であるのかどうか、僕にはわからない。それは僕の判断が及ばない領域にあるものごとだ。

オバサンはクロワッサンと揚げパンをじっと眺めつづけていた。何かがおかしい。不自然だ。クロワッサンと揚げパンは決して同列に並べてはならぬように思えるのだ。ここにはなにかしら相反する思想がある、と彼女は感じたようだ。サーモスタットがうまく働かない冷蔵庫みたいに、パンをのせたトレイは彼女の手の中でカタカタと揺れた。もちろん本当に揺れたわけではない。あくまでも比喩的に――揺れたのだ。カタカタカタ。

「殺っちまおう」と相棒は言った。彼は空腹感とワグナーとオバサンのふりまく緊張感のために、桃の毛みたいにデリケートになっていた。僕は黙って首を振った。

オバサンはそれでもまだトレイを手に薄暗い冥界を彷徨《さまよ》っていた。揚げパ

ンがまず演壇に立ち、ローマ市民に向って感動的といえなくもない演説を行った。美しい語句、見事なレトリック、よく伸びるバリトン……パチパチパチパチとみんなが拍手をした。次にクロワッサンが演壇に立ち、交通信号についてのなんだかとりとめのない演説をした。左折車は正面の青信号で直進し、対向車の有無をよく確かめてから左折します、とかそんな具合だ。ローマ市民はなんのことだかよくわからなかったけれど（当時はまだ信号機は存在しない）、どうもむずかしそうな話なのでパチパチパチパチと拍手をした。拍手はクロワッサンの方が少しだけ大きかった。そして揚げパンは棚に戻された。

オバサンのトレイに極めて単純な完璧さが訪れた。クロワッサンが二個。異議申し立てはない。

そしてオバサンは店を去っていった。

さて、次は我々の番だ。

「とても腹が減っているんです」と僕は主人にうちあけた。包丁は体のうしろに隠したままだ。「おまけに一文なしなんです」

「なるほど」と主人は肯《うなず》いた。

カウンターの上にはつめきりがひとつ載っていて、我々は二人でそのつめきりをじっと眺めていた。それははげたかの爪でも切れそうなくらい巨大なつめきりだった。おそらく何かの冗談のために作られたのだろう。

「そんなに腹が減っているんならパンを食べればいい」主人は言った。

「でも金がないんです」

「さっき聞いた」と主人は退屈そうに言った。「金はいらないから好きなだけ食べりゃいい」

僕はもう一度つめきりに目をやった。「いいですか、我々は悪に走っているんです」

「うんうん」

「だから他人の恵みを受けるわけにはいかない」

「うん」

「ということです」

「なるほど」と主人はもう一度肯いた。「そういうことなら、こうしようじゃないか。君たちは好きにパンを食べていい。そのかわりワシは君たちを呪ってやる。それでかまわんかな」

「呪うって、どんな風に？」

「呪いはいつも不確かだ。地下鉄の時刻表とは違う」

「おい待てよ」と相棒が口をはさんだ。「俺は嫌だね、呪われたくなんかない。あっさり殺っちまおうぜ」

「待て待て」と主人は言った。「ワシは殺されたくない」

「俺は呪われたくない」と相棒。

「でも何かしらの交換が必要なんだ」と僕。

我々はしばらくつめきりをにらんだまま黙り込んでいた。

「どうだろう」と主人が口を開いた。「君たちはワグナーが好きか？」

「いや」と僕が言った。

Wagner

「ぜんぜん」と相棒が言った。

「もしワグナーの音楽にしっかりと耳を傾けてくれたら、パンを好きなだけ食べさせてあげよう」

まるで暗黒大陸の宣教師みたいな話だったけれど、我々はすぐにそれに乗った。少くとも呪われるよりはましだ。

「いいですよ」と僕は言った。

「俺もかまわない」と相棒は言った。

そして我々はワグナーの音楽を聴きながら腹いっぱいパンを食べた。

「音楽史上に燦然と輝くこの『トリスタンとイゾルデ』は一八五九年に完成し、後期ワグナーを理解するためには欠くことのできぬ重要な作品となっています」

と主人は解説書を読みあげた。

「ふむふむ」

「もぐもぐ」

「コンヴァル国王の甥トリスタンは伯父の婚約者である王女イゾルデを迎えに行くのでありますが、帰路の船上でトリスタンはイゾルデと恋に落ちてしまいます。冒頭に出てくるチェロとオーボエによる美しいテーマがこの二人の愛のモチーフであります」

一時間後、我々は互いに満足して別れた。
「もしよかったら、明日は『タンホイザー』を聴こう」と主人は言った。
部屋に辿りついたとき、我々の中の虚無はもうすっかり消え去っていた。
そして想像力がなだらかな坂を転がり落ちるように、着々と正しく動き始めていた。

再びパン屋を襲う

DER ZWEITE
BÄCKEREI
ÜBERFALL

パン屋を襲ったときの話を妻に聞かせたことが正しい選択だったのかどうか、いまもって確信が持てない。たぶんそれは正しいとか正しくないとかいう基準では推しはかることのできないものごとなのだろう。つまり世の中には正しい結果をもたらす正しくない選択もあるし、正しくない結果をもたらす正しい選択もあるということだ。このような不条理性――と言ってかまわないと思う――を回避するには、我々は実際には何ひとつとして選択してはいないのだという立場をとる必要があるし、おおむね僕はそんな風に考えて暮している。起ったことはもう起ったことだし、起っていないことはまだ起っていないことなのだ。

そのような立場から振り返ると、僕は何はともあれとにかく妻にパン屋襲撃のことを話してしまった——ということになる。話してしまったことは話してしまったことだし、そこから生じた事件は既に生じてしまった事件なのだ。そしてもしその事件が人々の目に奇妙に映るとすれば、その原因は事件を包含する総体的な状況存在の中に求められるべきだろう。しかし僕がどんな風に考えたところで、それで何かが変るわけではない。

僕が妻の前でパン屋襲撃の話を持ちだしたのは、ほんのちょっとしたなりゆきからだった。その話を持ちだそうと前もって決めていたわけでもないし、そのときにふと思い出して「そういえば——」という風に話しはじめたわけでもない。僕自身その「パン屋襲撃」という言葉を妻の前で口に出すまで、自分がかつてパン屋を襲ったことなんてすっかり忘れていたのだ。

そのとき僕にパン屋襲撃のことを思い出させたのは、堪えがたいばかりの空腹感だった。時刻は夜中の二時前だった。僕と妻は六時に軽い夕食をとり、九時半にはベッドにもぐりこんで目を閉じたのだが、その時刻にどういうわ

けか二人とも同時に目を覚ましてしまったのだ。目を覚ましてしばらくすると、『オズの魔法使い』にでてくる竜巻のように空腹感が襲いかかってきた。それは理不尽なまでに圧倒的な空腹感だった。

しかし冷蔵庫の中には食物と呼べそうなものは何ひとつなかった。フレンチ・ドレッシングと六本の缶ビールとひからびた二個の玉葱《たまねぎ》とバターと脱臭剤、それだけだ。我々はその二週間ほど前に結婚したばかりで、食生活に関する共同認識みたいなものをまだ確立してはいなかった。確立しなくてはならないものは他に山ほどあったのだ。

その頃僕は法律事務所に勤めており、妻はデザイン・スクールで事務の仕事をしていた。僕は二十八か九のどちらかで（どういうわけか結婚した年をどうしても思いだすことができない）、彼女は僕より二年八ヵ月と三日年下だった。我々の生活はひどく忙しく、立体的な洞窟のように前後左右に入り組んでいて、冷蔵庫の中身まではとても気がまわらなかった。

我々はベッドを出て台所に移り、何をするともなくテーブルをはさんで向

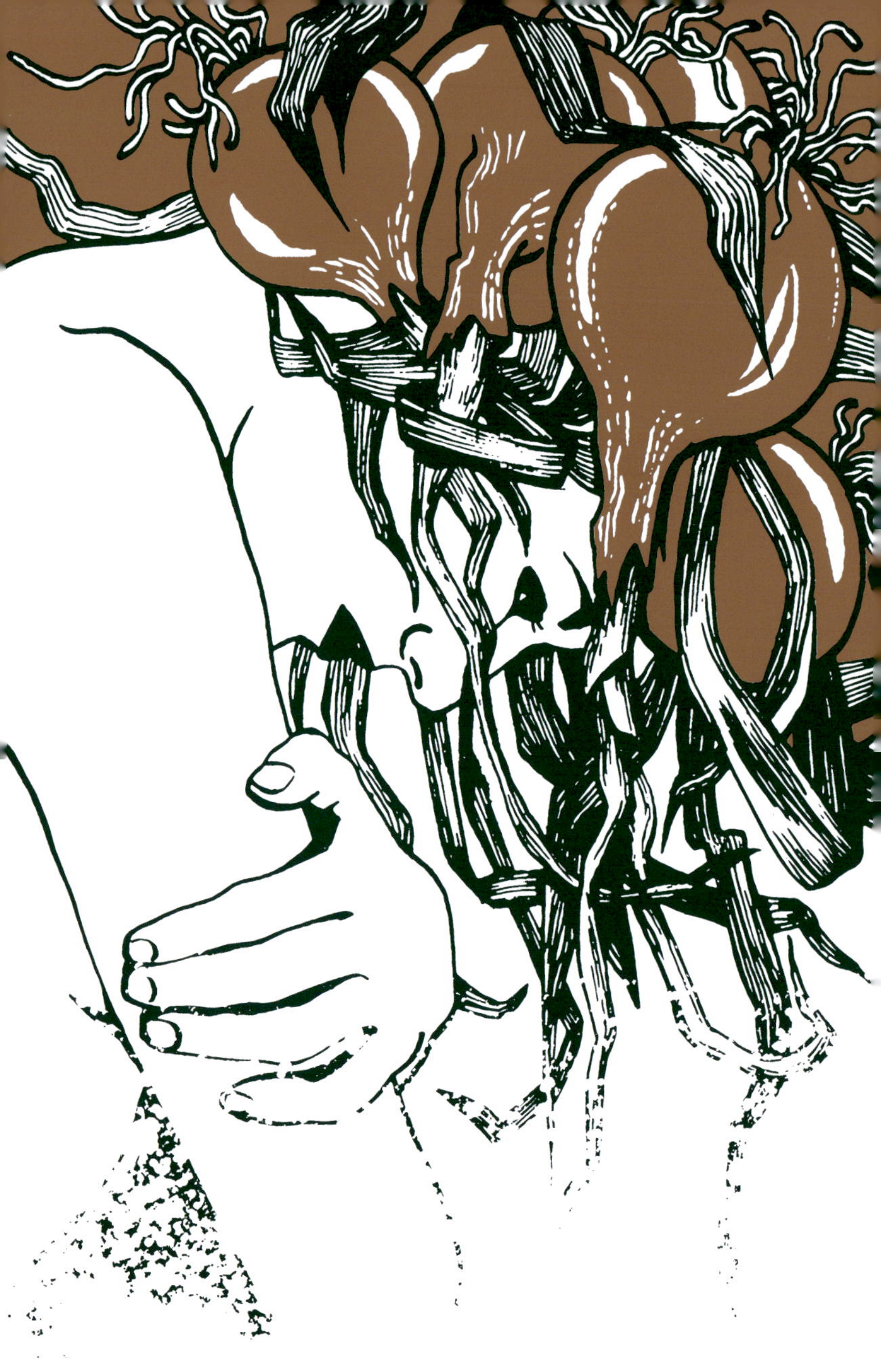

いあっていた。もう一度眠りにつくには二人とも腹が減りすぎていたし――体を横にするだけで苦痛なのだ――かといって起きて何かをするにも腹が減りすぎていた。このような強烈な空腹感がどこからどのようにしてやってきたのか、我々には見当もつかなかった。

僕と妻はひょっとしたらと期待して、交代で冷蔵庫の扉を何度か開いてみたが、何度開けてみても中身は変化しなかった。ビールと玉葱とバターとドレッシングと脱臭剤だ。玉葱のバター炒めを作るという手もあったが、二個のひからびた玉葱が我々の空腹を有効に埋めてくれるとも思えなかった。玉葱というのは何かと一緒に口にするべきものであって、それだけで飢えを充たせる食物ではないのだ。逆に余計に腹が減るだけかもしれない。

「フレンチ・ドレッシングの脱臭剤炒めは?」と僕は冗談で提案してみたが予想したとおり黙殺された。

「車で外に出て、オールナイトのレストランを探そう」と僕は言った。「国道に出ればきっとそういうのが何かあるよ」

しかし妻はその僕の提案を拒否した。外に出て食事をするのなんて嫌だと彼女は言った。

「夜の十二時を過ぎてから、食事をするために外出するなんて間違ってるわ」と彼女は言った。彼女はよくそういう古風な考え方をする。

「たしかにそうかもしれない」と僕は数秒置いて言った。

結婚した当初にはありがちなことなのかもしれないが、伴侶のそのような意見（あるいはテーゼ）はある種の啓示として僕の耳に響いた。彼女にそう言われると、自分の今抱えている飢餓は国道沿いの終夜レストランなんかで便宜的に充たされてはならない特殊な飢餓であるように感じられた。

特殊な飢餓とは何か？

僕はそれをひとつの映像としてここに提示することができる。

①僕は小さなボートに乗って静かな洋上に浮かんでいる。

②下を見下ろすと、水の中に海底火山の頂上が見える。

③海面とその頂上のあいだにはそれほどの距離はないように見えるが、し

かし正確なところはわからない。
④何故なら水が透明すぎて距離感がつかめないからだ。
終夜レストランになんて行きたくないと妻が言ってから、僕が「たしかにそうかもしれない」と同意するまでの二秒か三秒のあいだに僕の頭に浮かんだイメージはおおよそそういうものだった。僕はもちろんジグムント・フロイトではないので、そのイメージが何を意味しているかを明確に分析することはできなかったが、それが啓示的な種類のイメージであることだけは直観的に理解できた。だからこそ僕は――空腹が異様なほど強烈なものであったにもかかわらず――食事のために外出はしないという彼女のテーゼ（ないしは声明）にほとんど自動的に同意したのだ。

仕方なく我々は缶ビールを開けて飲んだ。妻はビールをそれほどは好まなかったので、僕は六本のうちの四本を飲み、彼女が残りの二本を飲むことになった。僕がビールを飲んでいるあいだ、彼女は十一月のリスのようにこまめに台所の棚を探しまわり、袋の底にバター・クッキーが四枚残っていたのをみつけた。冷凍ケーキの台を作ったときの残りで、湿ってすっかり柔かくなっていたが、我々はそれを大事に二枚ずつかじった。

しかし残念ながら缶ビールもバター・クッキーも、我々の空腹にはきれいさっぱり何の痕跡も遺さなかった。それらは空から見下ろすシナイ半島みたいに、窓の外をただ空しく通りすぎていっただけだった。

我々はビールのアルミ缶に印刷された字を読んだり、時計を何度も眺めたり、冷蔵庫の扉に目をやったり、昨日の夕刊のページを繰ったり、テーブルの上にちらばったクッキーのかすを葉書の縁で集めたりした。時間は魚の腹に呑み込まれた鉛のおもりのように暗く鈍重だった。

「こんなにおなかがすいたのってはじめてだわ」と妻が言った。「結婚したことと何か関係があるのかしら？」

どうだろう、と僕は言った。あるのかもしれないし、ないのかもしれない。

妻があらたなる食物の断片を求めて台所を探しまわっているあいだ、僕はまたボートから身をのりだして海底火山の頂上を見下ろしていた。ボートを

取り囲む海水の透明さは、僕の気持をひどく不安定なものにしていた。みぞおちの奥にぽっかりと空洞が生じてしまったような気分だった。出口も入口もない、純粋な空洞だ。その奇妙な体内の欠落感——不在が実在するという感覚——は高い尖塔のてっぺんに上ったときに感じる恐怖のしびれにどこかしら似ていた。空腹と高所恐怖に相通じるところがあるというのは、僕にとっては新しい発見だった。

かつてこれと同じような経験をしたことがある。そう思ったのはちょうどそのときだった。僕はあのときも今と同じように腹を減らせていたのだ。あれは——

「パン屋襲撃のときだ」と僕は思わず口に出した。

「パン屋襲撃って何のこと？」とすかさず妻が質問した。

そのようにしてパン屋襲撃の回想が始まったのだ。

「ずっと昔にパン屋を襲ったことがあるんだ」と僕は妻に説明した。「それほど大きなパン屋じゃない。名のあるパン屋でもない。とくに美味《おい》しくもなく、とくに不味《まず》くもない。どこにでもある平凡な町のパン屋だ。商店街のまん中にあって、親父が一人でパンを焼いて売っていた。朝に焼いたぶんが売り切れるとそのまま店を閉めてしまうような小さなパン屋だ」

「どうしてそんなぱっとしないパン屋を選んで襲ったの？」と妻が質問した。

「大きな店を襲う必要がなかったからさ。我々は飢えを充たしてくれる量のパンを求めていただけで、何も金を盗ろうとしていたわけじゃない。我々は襲撃者であって、強盗ではなかった」

「我々？」と妻は言った。「我々って誰のこと？」

「その頃、僕には相棒がいたんだ」と僕は説明した。「もう十年も前のことだけど。二人ともひどい貧乏で、歯磨チューブさえ買えなくて、毎日歯ブラシだけで歯を磨いていた。もちろん食べものだっていつも不足していた。だからその当時、我々は食べものを手に入れるために実にいろんなひどいことをやったものさ。パン屋を襲ったのもそのうちのひとつで——」

「よくわからないわ」と妻は言って、夜明けの空に色褪《あ》せた星の姿を探し求めるような目で僕の顔をのぞきこんだ。「どうしてそんなことをしたの？　何故働かなかったの？　少しアルバイトをすればパンを手に入れるくらいできたはずよ？　どう考えてもその方が簡単だわ。パン屋を襲ったりするより」

「働きたくなかったからさ」と僕は言った。「それはもう、実にはっきりとしていたんだ」

「でも今はこうしてちゃんと働いているじゃない？」と妻は言った。

僕は肯いてからビールをひとくちすすった。そして手首の内側で瞼《まぶた》をこすった。何本かのビールが僕に眠気をもたらそうとしていた。それは淡い泥のように僕の意識にもぐりこみ、空腹とせめぎあっていた。

「時代が変れば空気も変るし、人の考え方も変る」と僕は言った。「でも、もうそろそろ寝ないか？　二人とも朝は早いんだし」

「眠くなんかないし、パン屋襲撃の話を聞きたいわ」と妻は言った。

「つまらない話だよ」と僕は言った。「タイトルから期待されるような面白い話じゃない。派手なアクションもないしね」

「それで襲撃は成功したの？」

僕はあきらめて新しいビールのプルリングをむしりとった。妻は何かを聞き始めたら、最後まで聞きとおさずにはいられない性格なのだ。

「成功したとも言えるし、成功しなかったとも言える」と僕は言った。

「我々はパンを好きなだけ手に入れることができたけれど、それは強奪としては成立しなかった。つまりパンを強奪しようとする前に、パン屋の主人が我々にそれをくれたんだ」

「無料《ただ》で？」

「無料《ただ》じゃない。そこがややこしいところなんだ」と僕は言って首を振った。「パン屋の主人はクラシック音楽のマニアで、ちょうどそのとき店でワグナーの音楽をかけていたんだ。もしその音楽にしっかり耳を傾けてくれるなら、店の中のパンを好きなだけ食べていっていいと主人は言った。僕と相棒はそ

れについて話しあった。そしてこういう結論に達した。音楽を聴くくらいまあいいじゃないかってね。それは純粋な意味における労働ではないし、誰を傷つけるわけでもない。それで我々は包丁を置いて、椅子に座ってパン屋の主人と一緒に神妙な顔で『トリスタンとイゾルデ』を聴いた」

「そしてパンを受けとったのね」

「そう。僕と相棒は店にあったパンを手当り次第に食べた。棚が空っぽになるくらい」と僕は言って、またビールをすすった。眠気は海底地震によって生じた無音の波のように僕のボートを鈍く揺さぶっていた。

「もちろんパンを手に入れるという所期の目的は達せられたわけだけれど」と僕はつづけた。「それはどう考えても犯罪と呼べる代物じゃなかった。それはいわば交換だったんだ。我々はワグナーを聴き、そのかわりにパンを手に入れたわけだからね。法律的に見れば商取引のようなものさ」

「でもワグナーを聴くことは労働ではない」と妻は言った。

「そのとおり」と僕は言った。「もしパン屋の主人がそのとき我々に皿を洗うことやウィンドウを磨くことを要求していたら、我々はそれを断乎拒否し、あっさりパンを強奪していただろうね。しかし主人が求めたのはただ単にワグナーに耳を傾けることだけだった。それで僕と相棒はひどく混乱してしまった。ワグナーが出てくるなんて、当然のことながらまったく予想しちゃいなかったからね。それは結果としては、まるで我々にかけられた呪いに近いものだった。今にして思えば、我々はそんな提案には耳を貸さず、予定どおりに刃物で脅してパンを単純に強奪しておくべきだったんだ。そうすれば問題は何もなかったはずだった」

「何か問題が起ったの？」

僕はまた手首の内側で瞼をこすった。

「そうだね」と僕は答えた。「でもそれははっきり目に見える具体的な問題というんじゃない。ただいろんなことがその事件を境にゆっくりと変化していった。そして一度変化してしまったものは、もうもとには戻らなかった。結局僕は大学に戻って無事に卒業し、法律事務所で働きながら司法試験の勉

強をした。そして君と知りあって結婚した。二度とパン屋を襲ったりはしなくなった」

「それでおしまい？」

「そう、それだけの話だよ」と僕は言ってビールのつづきを飲んだ。それで六本のビールは全部空になった。灰皿の中には六個のプルリングがそげ落ちた半魚人のうろこのように残っていた。

もちろん本当に何も起らなかったというわけではない。はっきりと目に見える具体的なことだっていくつかはちゃんと起ったのだ。しかしそのことについては僕は彼女にしゃべりたくなかった。

「それで、そのあなたの相棒は今どうしているの？」と妻が訊ねた。

「知らないな」と僕は答えた。「そのあとでちょっとしたことがあって、我々は別れたんだ。それ以来一度も会っていないし、今何をしているかもわからない」

妻はしばらく黙っていた。おそらく彼女は僕の口調に何かしら不明瞭な響きを感じとったのだと思う。しかし彼女はその点についてはそれ以上あえて言及しなかった。

「でも、あなたたちがコンビを解消したのはそのパン屋襲撃事件が直接の原因だったのね？」

「たぶんね。その事件から我々が受けたショックは見かけよりずっと深いものだったと思う。我々はその後何日もパンとワグナーの相関関係について語りあった。我々のとった選択が正しかったかについて。でも結論は出なかった。まともに考えれば選択は正しかったはずだった。誰一人として傷つかず、それぞれにいちおうは満足したわけだからね。パン屋の主人は――何のためにそんなことをしたのかいまだに理解できないけれど、とにかく――ワグナーのプロパガンダができたし、我々は腹いっぱいパンを食べることができた。にもかかわらず、そこに何か重大な間違いが存在していると我々は感じたんだ。そしてその誤謬《ごびゅう》は原理の知れないままに、我々の生活にまとわりつくようになった。僕がさっき呪いという言葉を使ったのはそのせいだ。我々はい

つもその影の存在を感じていた」

「その呪いはもう消えてしまったのかしら？　あなたがた二人の上から？」

僕は灰皿の中の六個のプルリングを使ってブレスレットほどの大きさのアルミニウムの輪を作った。

「どうだろう。世の中にはずいぶんたくさんの呪いがあふれているみたいだし、何かまずいことが起ってもそれがどの呪いのせいなのか見きわめることは簡単じゃない」

「いいえ、そんなことはないわ」と妻は僕の目をじっとのぞきこみながら言った。「よく考えればわかることよ。そしてあなたが自分の手でその呪いを解消しない限り、それはたちの悪い虫歯みたいにあなたを死ぬまで苦しめつづけるはずよ。あなたばかりではなく、私をも含めてね」

「君を？」

「だって今では私があなたの相棒なんだもの」と彼女は言った。「たとえば今私たちが感じているこの空腹がそうよ。結婚するまで私は、こんなひどい空腹感を味わったことはなかったわ。ただの一度も。こんなのって異常だと思わない？　きっとあなたにかけられた呪いが私まで巻きこんでいるのよ」

僕は肯いて、輪にしたプルリングをまたばらばらにして灰皿の中に戻した。彼女の言っていることが真実なのかどうか、それはわからない。しかしそう言われればそうかもしれないという気はした。

しばらく意識の外側に遠のいていた飢餓感がまた戻ってきた。その飢餓は以前にも増して強烈なもので、おかげで頭の芯がきりきりと痛んだ。胃の底がひきつると、その震えがクラッチ・ワイヤで頭の中心に伝導されるのだ。僕の体内には、思っていたよりも複雑な機能が組みこまれているようだ。

僕はまた海底火山に目をやった。海水はさっきよりずっと透明度を増していて、よく注意して見ないと、そこに水が存在することさえ見落としてしまいそうだ。まるでボートが何の支えもなくぽっかりと空中に浮かんでいるような感じだ。底にある小石のひとつひとつまで、くっきりと鮮明に見える。

「あなたと一緒に暮すようになってまだ半月しか経ってないけれど、たしか

に私はある種の呪いの影を身辺に感じつづけてきたような気がする」と彼女は言った。そして僕の顔をまっすぐ見据えたまま、テーブルの上で左右の手の指を組んだ。「もちろんそれが呪いだとは、あなたの話を聞くまではわからなかった。でも今ではそれがはっきりとわかる。あなたは呪われているのよ」

「君はその呪いの影をどんな風に感じるんだろう？」と僕は質問してみた。

「何年も洗濯していないほこりだらけのカーテンが天井から垂れ下っているような気がするのよ」

「それは呪いじゃなくて僕自身なのかもしれないよ」と僕は笑いながら言った。

彼女は笑わなかった。

「そうじゃないわ。そうじゃないことは私にはちゃんとわかるのよ」

「もし君が言うようにそれが呪いだとしたら」と僕は言った。「僕はいったいどうすればいいんだろう？」

「もう一度パン屋を襲うのよ。それも今すぐにね」と彼女は断言した。「それ以外にこの呪いをとく方法はないわ」

「今すぐに？」と僕は聞きかえした。

「ええ、今すぐ、この空腹感がつづいているあいだにね。果されなかったことを今ここで果すのよ」

「でもこんな真夜中にパン屋が店を開けているかな？」

「探しましょう」と妻は言った。「東京は広い街だもの、きっとどこかに一晩中営業しているパン屋くらいあるはずよ」


僕と妻はあちこちで塗装がはげた古いトヨタ・カローラに乗って、午前二時半の東京の街を、パン屋の姿を求めて彷徨った。僕がハンドルを握り、妻は助手席に座って、道路の両側に肉食鳥のように鋭利な視線を走らせていた。後部座席にはレミントンのオートマティック式の散弾銃が細長い干し魚のような格好で横たわり、妻の羽織ったウィンドブレーカーのポケットでは予備

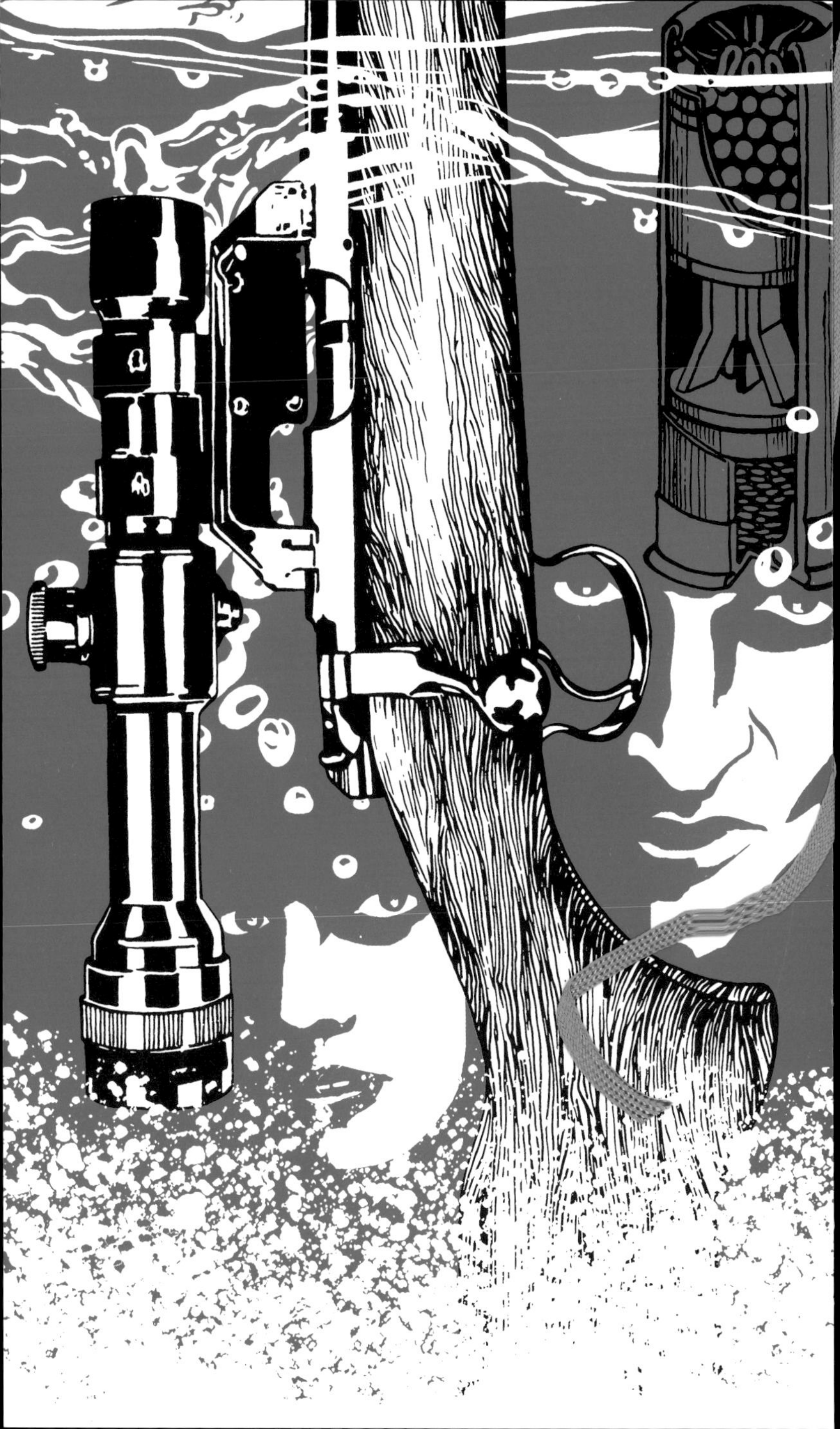

の散弾がじゃらじゃらという硬い音を立てていた。それからコンパートメントには黒いスキー・マスクがふたつ入っていた。どうして妻が散弾銃なんか持っているのか、僕には見当もつかない。スキー・マスクにしたってそうだ。僕も彼女もスキーなんて一度もやったことがない。しかしそういうことについていっさい説明はなかったし、僕も質問しなかった。結婚生活というのは思ったより奇妙なものだと思っただけだ。

僕は閑散とした夜中の道路を代々木から新宿へ、そして四谷、赤坂、青山、広尾、六本木、代官山、渋谷へと車を進めた。しかし終夜営業をしているパン屋は一軒も見当らなかった。もちろんコンビニエンス・ストアはたくさん開いていた。しかしコンビニはパン屋ではない。たとえそこでパンが売られていたとしてもだ。我々が襲うのはパンだけを売っている店でなくてはならなかった。

途中で二度警察のパトロール車と出会った。一台はわにのように道路のわきにじっと身をひそめており、もう一台はうたぐり深そうに、背後から我々の車を追い越していった。そのたびにわきの下に汗がにじんだが、妻はそんなものには目もくれず、唇をまっすぐ結び、一心にパン屋を探し求めていた。彼女が体の角度を変えるたびに、ポケットの散弾が枕のそば殻のような乾いた音を立てた。

「もうあきらめようぜ」と僕は言った。「こんな夜中にパン屋なんて開いちゃいないよ。こういうことはやはり前もって下調べしてからじゃないと——」

「停めて！」と妻が叫んだ。

僕はあわてて車のブレーキを踏んだ。

「ここにするわ」と彼女は静かな口調で言った。

僕はハンドルに手を置いてまわりを見まわしてみたが、あたりにはパン屋らしきものは見あたらなかった。道路沿いの商店はみんな黒々としたシャッターを下ろして、墓場のように静まりかえっていた。床屋の赤白青の看板がねじくれた示唆のように闇の中に浮かんでいた。二百メートルばかり先に、

マクドナルドの明るい看板が見えるだけだった。

「パン屋なんてないぜ」と僕は言った。

しかし妻は何も言わずにコンパートメントを開けて布製の粘着テープをとりだし、それを手に車を下りた。僕も反対側のドアを開けて外に出た。妻は車の前部にしゃがみこむと、粘着テープを適当な長さに切ってナンバー・プレートに貼りつけ、番号が読みとれないようにした。それから後部にまわって、そちらのプレートも同じように隠した。手馴れた手つきだ。僕はぼんやりとつっ立ったまま彼女の作業を見つめていた。

「あのマクドナルドをやることにするわ」と妻はあっさりと言った。まるで夕食のおかずを告げるときのように。

「マクドナルドはパン屋じゃない」と僕は指摘した。

「パン屋のようなものよ」と妻は言って、車の中に戻った。「妥協というものもある場合には必要になる。とにかくマクドナルドの前につけて」

僕はあきらめて車を二百メートル前に進め、マクドナルドの駐車場に入れた。駐車場には紺色のホンダ・アコードの新車が一台停まっているだけだった。妻は毛布にくるんだ散弾銃を僕にさしだした。

「そんなもの撃ったことないし、撃ちたくないよ」と僕は抗議した。

「撃つ必要はないわ。持っているだけでいいのよ。誰も抵抗しやしないから」と妻は言った。「いい？　私の言うとおりにするのよ。まず二人で堂々と店の中に入っていくの。そして店員が『ようこそマクドナルドへ』と言ったらそれを合図にスキー・マスクをかぶるのよ。わかった？」

「それはわかったけど、でも――」

「そしてあなたは店員に銃をつきつけて、全部の従業員と客を一ヵ所に集めさせるの。あとは私が上手くやるから」

「しかし――」

「ハンバーガーはいくつくらい必要だと思う？」と彼女は僕に訊いた。「三十個もあればいいかしら？」

「たぶん」と僕は言った。そして仕方なく散弾銃を受けとった。銃は砂袋の

ように重く、新月の夜の入江のように黒々としていた。

「本当にこうすることが必要なのかな？」と僕は言った。それは半分は彼女に向けられた質問であり、半分は僕自身に向けられた質問だった。

「もちろんよ」と彼女は言った。


「ようこそマクドナルドへ」とマクドナルド帽をかぶったカウンターの女の子がマクドナルド的な微笑を浮かべて僕に言った。僕は深夜のマクドナルドでは女の子は働かないものだと思いこんでいたので、彼女の姿を目にして一瞬頭が混乱したが、それでもすぐに思いなおして、スキー・マスクを頭からすっぽりとかぶった。

カウンターの女の子は突然スキー・マスクをかぶった我々の姿を目にして言葉を失った。そのような状況についての対応法は〈マクドナルド接客マニュアル〉のどこにも書かれていないのだ。彼女は「ようこそマクドナルドへ」の次をつづけようとしたが、出てくるのは無音の吐息だけだった。それでも営業用の微笑は行き場所を失ったまま、明け方の三日月のように唇の端のあたりにひっかかっていた。

　僕は急いで毛布をといて銃をとりだし、それを客席に向けたが、客席には学生風のカップルが一組いるだけで、それもプラスチックのテーブルにうつ伏せになって、深く眠り込んでいた。テーブルの上には彼らの頭がふたつとストロベリー・シェイクのカップがふたつ、前衛的なオブジェのように並んでいた。二人は冬眠でもしているみたいに意識を失っていたので、そのまま放っておくことにした。そして銃口をカウンターの中に向けた。

　マクドナルドの従業員は全部で三人だった。カウンターの女の子と、二十代後半と思える血色の悪い卵形の顔をした店長と、奥行きをほとんど持たない薄い影のような調理場の学生アルバイトだった。三人はレジスターの前に集まって、インカの井戸をのぞき込む観光客のような目つきで僕の構えた銃口を見つめていた。誰も悲鳴を上げたりしなかったし、誰もつかみかかってはこなかった。銃はひどく重かったので、僕は引き金に指をかけたまま銃身をレジスターの上にのせた。

「金はあげます」と店長がしゃがれた声で言った。「十一時に回収しちゃったからそんなに沢山はないけれど、全部持ってって下さい。保険がかかってるから構いません」

「正面のシャッターを下ろして、看板の電気を消しなさい」と妻は事務的な声で言った。

「待って下さい」と店長は言った。「それは困ります。勝手に店を閉めると私の責任問題になるんです。本部に始末書を書かなくては――」

妻は同じ命令をもう一度ゆっくりと、更に事務的にくりかえした。

「言われたとおりにした方がいい」と僕は彼に忠告した。店長はレジスターの上の銃口と妻の顔をしばらく見比べていたが、やがてあきらめて看板の明りを消し、パネルのスイッチを押して正面扉のシャッターを下ろした。どさくさにまぎれて彼が非常警報装置か何かのボタンを押すのではないかと僕はずっと警戒していたが、どうやらマクドナルドには非常警報装置は設置され

ていないようだった。ハンバーガー・ショップが襲撃されるかもしれないなんて誰も思いつかなかったのだろう。

正面のシャッターはバットでバケツを叩いてまわるような大きな音を立てて閉まったが、それでもテーブルのカップルはまだこんこんと眠りつづけていた。そこまで深い眠りを、僕はその前もあとも目にしたことがない。

「ビッグマックを三十個、テイクアウトで」と妻は言った。

「お金を余分にさしあげますから、どこか別の店で注文して食べてもらえませんか」と店長が言った。「会計の処理がすごく面倒になるんです。つまり――」

「言われたとおりにした方がいい」と僕はくりかえした。

三人は連れだって調理場に入り、三十個のビッグマックを作りはじめた。学生アルバイトがハンバーグを焼き、店長がそれをパンにはさみ、女の子が白い包装紙でくるんだ。そのあいだ誰もひとことも口をきかなかった。僕は営業用の大型冷蔵庫にもたれて、散弾銃の銃口を鉄板《グリドル》の上に向けていた。鉄板の上には茶色い水玉模様のように肉が並び、ちりちりという音を立てていた。肉の焼ける甘い匂いが、目には見えない羽虫のように僕の体じゅうの毛穴からもぐりこみ、血液に混じって体の隅々を巡った。そして最終的には僕の体の中心に生じた飢えの空洞に集結し、そのピンク色の壁面にべったりしがみついた。

白い包装紙にくるまれてわきに積みあげられていくハンバーガーをひとつかふたつ手にとって、すぐにでも貪り食べたかった。しかしそれはおそらく我々の目的に沿った行為ではあるまい。妻もきっと喜ばないだろう。だから三十個のハンバーガーがきちんと揃うまでじっと我慢することにした。調理場の中は暑く、僕はスキー・マスクの下で汗をかきはじめていた。

三人はハンバーガーを作りながら、十秒おきに銃口に目をやった。僕はときどき左手の小指の先で両方の耳を掻いた。僕は緊張するときまって耳の穴がかゆくなるのだ。僕がスキー・マスクの上から耳の穴を掻くと、銃身が不

安定に上下に揺れ、それが三人の気持を少なからずかき乱すようだった。銃の安全ロックはかけたままだったから暴発の心配はなかったのだが、三人はそのことは知らなかったし、僕の方もわざわざ教えるつもりはなかった。

三人がハンバーガーを作り、僕が銃口を鉄板《グリドル》に向けて見張っているあいだ、妻は客席をのぞいたり、用意できたハンバーガーの数を数えたりしていた。彼女は包装紙にくるまれたハンバーガーを紙の手さげ袋に詰めていった。ひとつの手さげ袋には十五個のビッグマック・ハンバーガーが入った。

「どうしてこんなことをしなくちゃいけないんですか?」と女の子が僕に言った。「お金を持って逃げて、それで好きなものを買って食べればいいのに。ビッグマックを三十個、本当に食べるんですか?」

僕は何も答えず、ただ首を横に振った。

「悪いとは思うけれど、パン屋が開いてなかったのよ」と妻がその女の子に説明した。「もしパン屋が開いていれば、ちゃんとパン屋を襲ったんだけれど」

それが何かの説明になっているとは僕にはとても思えなかったけれど、とにかく彼らはあきらめてそれ以上口をきかず、黙って肉を焼き、パンにはさみ、包装紙にくるんだ。

ふたつの手さげ袋に三十個のビッグマックがきれいに収まると、妻は女の子にラージ・カップのコーラをふたつ注文し、その代金を払った。

「パン以外には何も盗る気はないのよ」と妻は女の子に説明した。女の子は複雑な形に頭を動かした。それは首を振っているようでもあり、肯いているようでもあった。たぶん両方の動作を同時にやろうとしたのだろう。彼女の気持はなんとなくわかるような気がした。

妻はそれからポケットから荷づくり用の細びきの紐《ひも》をとりだし――彼女は何でも持っている――三人の体をボタンでも縫いつけるみたいに要領よく柱に縛りつけた。三人はもう何を言っても無益だと悟ったらしく、黙ってされるがままになっていた。妻が、「痛くない?」とか「トイレに行きたくない?」とか訊いても彼らはひとことも口をきかなかった。僕は毛布に銃を包

み、妻は両手にマクドナルドのマーク入りの手さげ袋を持って、裏口から外に出た。客席の若いカップルはそのときになっても、まだ深海魚のようにぐっすりとねむりつづけていた。呼吸をしている様子も見えなかった。このように深い眠りをいったい何が破ることになるのだろう？

三十分ばかり車を走らせてから、適当なビルの駐車場に車を停め、心ゆくまでハンバーガーを食べ、コーラを飲んだ。僕は胃の空洞を六個のビッグマックで満たし、彼女は四個を食べた。それでも車のバックシートにはまだ二十個のビッグマックが残っていた。夜が明ける頃には、我々のあの永遠に続くかと思えた深い飢餓も消滅していった。太陽の最初の光がビルの汚れた壁面を藤色に染め、〈ソニー・ブルーレイ・レコーダー〉の巨大な広告塔を眩《まぶ》しく光らせていた。時折通りすぎていく長距離トラックのタイヤ音に混じって鳥の声が聞こえるようになった。我々は二人で一本の煙草を吸った。煙草を吸い終ると、妻は僕の肩にそっと頭をのせた。

「でも、こんなことをする必要が本当にあったんだろうか？」と僕はもう一度彼女に訊ねてみた。

「もちろんよ」と彼女は答えた。そして一度大きく息を吐いて、そのまま眠りについた。彼女の体は猫のようにやわらかく、そして軽かった。

一人きりになると、僕はボートから身をのりだして、海の底をのぞきこんでみた。でもそこにはもう海底火山の姿は見えなかった。水面は静かに空の青みを映し、小さな波が風に揺れる絹のパジャマのようにボートの側板をやわらかく叩いているだけだ。

僕はボートの底に身を横たえて目を閉じ、満ち潮がしかるべき岸辺に運んでいってくれるのを待った。

あとがき

ドイツ人の女性イラストレーターであるカット・メンシックさんが、『眠り』に続いて、『パン屋襲撃』と『パン屋再襲撃』をイラストつきの「絵本」にしてくれた。僕は彼女のシュールレアリスティックな絵が個人的にとても好きなので、嬉しく思う。彼女とは一度ベルリンで会って、一緒に食事をしたことがある。旧東ドイツで過ごした少女時代の話をしてくれた。

『パン屋襲撃』は僕のキャリアの本当に初期に書いた短篇だ。「早稲田文学」１９８１年10月号に掲載されている。どうしてこんな変な話を思いついたのか、今となっては記憶が辿れないのだが、たぶん「パン屋襲撃」という言葉なり、アイデアが頭にふと浮かび、そこから「後追い」的に話が出てきたのだと思う。僕の場合そういうことはよくある。

『パン屋再襲撃』は言うまでもなく、『パン屋襲撃』の後日談として書かれた。これは女性誌「マリ・クレール」（今はもうない）１９８５年8月号に掲載された。かつてパン屋を襲撃したアウトロー志望の若者も、今はそれなりにまともな仕事に就き、結婚している。しかしあのミステリアスな空腹がまた若い夫婦に襲いかかり、二人を無法へと駆り立てる。

僕の印象では、この夫婦は少し姿を変え、『ねじまき鳥クロニクル』の世界へと歩を進めていくようだ。

両方の作品をゲラ刷りで読み返しているうちに、文章に手を入れたくなってきて、あちこちで細かく改変をくわえた。ヴァージョン・アップというか、オリジナルのテキストとは少し違った雰囲気を持つものとして読んでいただけると嬉しい。オリジナルと区別するために、タイトルも『パン屋を襲う』と『再びパン屋を襲う』に変更した。

『パン屋を襲う』には「神もマルクスもジョン・レノンも、みんな死んだ」という文章が出てくるが、考えてみると、この作品を書いたのは、ジョン・レノンが殺されたすぐあとのことだった。そう、空気はそれなりに粗く、切実だったのだ。（たぶん）パン屋を襲いたくなるくらい。

村上春樹

２０１２年11月末

パン屋を襲う（「パン屋襲撃」改題）
初出「早稲田文学」1981年10月号
『村上春樹全作品 1979～1989 ⑧』（1991年、講談社）所収

再びパン屋を襲う（「パン屋再襲撃」改題）
初出「マリ・クレール」1985年8月号
『パン屋再襲撃』（新装版 2011年、文春文庫）所収

パン屋《や》を襲《おそ》う

発行
2013年2月25日

著者
村上春樹
(むらかみ はるき)
イラストレーション
カット・メンシック

発行者
佐藤隆信
発行所
株式会社新潮社
〒162-8711 東京都新宿区矢来町71
電話
編集部03-3266-5411　読者係03-3266-5111
http://www.shinchosha.co.jp
印刷所
大日本印刷株式会社
製本所
加藤製本株式会社

ISBN978-4-10-353429-7 C0093

Haruki Murakami
Kat Menschik

ALD'S 15¢
US
RGERS
HE BAG